ÉLOGES

DE

BERNARDIN DE SAINT-PIERRE

ET DE

CASIMIR DELAVIGNE

PAR

Jean-Baptiste FORT-MEU

HAVRE

Imprimerie Alph. LEMALE, quai d'Orléans, 9

1852.

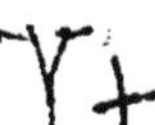

BERNARDIN DE SAINT-PIERRE

Ainsi Bernardin de Saint-Pierre
Payant son tribut au malheur,
De sa gloire ouvre la carrière
Par son premier cri de douleur.

JACQUES HENRI BERNARDIN DE SAINT-PIERRE

né au Havre le 19 Janvier 1737

Mort dans sa maison d'Eragny, près Paris, le 21 Janvier 1814.

D. Drouin del.

lith David r de la Comm.té 18 Havre.

ÉLOGES

DE

BERNARDIN DE SAINT-PIERRE

ET DE

CASIMIR DELAVIGNE

PAR

Jean-Baptiste FORT-MEU

HAVRE

Imprimerie Alph. LEMALE, quai d'Orléans, 9.

1852

A DAVID (d'Angers)

Chaque œuvre de tes mains porte de ton génie
L'empreinte ineffaçable et dévoile à nos yeux
Un des puissants ressorts de la Grande Harmonie ;
Secret qu'au temps antique on crut surpris aux Dieux.

Tu tailles dans le marbre, et le marbre s'anime !..
Ton Art brave le Temps et résiste à sa loi.
Tu rends aux vieux Guerrier son aspect magnanime ;
Au Marin son audace, au Poëte sa foi.

Evoqués de la tombe, étonnante merveille !
DE SAINT PIERRE pour nous est un hôte nouveau ;
        Et DELAVIGNE se réveille
Comme pour se montrer fidèle au Vieux Drapeau....

DAVID, quel talisman te donne la puissance
De remettre debout tout grand homme abattu,
Portant ce signe au front de force et de vertu
        Qui seul ennoblit la naissance......

Ton secret le voici.—La France le sait bien ;
Pour que l'on sente ainsi, grâce à ton Art magique,
Palpiter sous le bronze un cœur patriotique ;
        Tu n'as qu'à t'inspirer du tien.

Havre, 9 Août 1852,

J. B. FORT-MEU.

Non loin de la falaise où le phare domine,
Et fièrement assise au pied d'une colline
Que baignent à sa droite, au Nord, les flots amers :
Et vers le Sud, un fleuve immense qui s'incline
Pour dégorger ses eaux dans l'abîme des mers ;
Une jeune Cité, de modeste origine,
Assiste en souveraine à la scène marine
Qu'animent ses vaisseaux, sa flotte de steamers.
Cette jeune Cité, c'est Le Havre-de-Grâce,
Port de salut, aimé du courageux pêcheur,
Du peuple loup de mer, forte et féconde race
Dont le type est encor dans toute sa fraîcheur :

Parmi tous les beaux ports dont notre France abonde,
Parmi d'autres cités, ses rivales sur l'onde,
Elle a pris un essor aussi brillant que prompt,
Et la main du Destin écrivit sur son front :
« Tu seras quelque jour Reine des ports du monde. »

Comme cet astre errant dont le cours radieux
En gerbe étincelante illumine les cieux,
Appelée à fournir une vaste carrière,
Elle projette au loin ses rayons de lumière ;
Elle brille, non point par ses nobles aïeux,
Elle n'a dans son sein rien d'antique — elle a mieux ;
Par ses enfants sa gloire est toujours rajeunie.
Elle a déjà produit ses hommes de génie.

Parmi d'illustres noms, il en est un si doux
Qu'il semble appartenir à la sainte phalange :
Celui qui l'a porté ce nom chéri de tous,
A travers une époque et de sang et de fange,
Sut, au milieu d'un peuple horrible en son courroux,
Conserver dans son cœur la pureté d'un ange.

Oui, montre avec orgueil ce précieux trésor,
Berceau d'où son génie a pris son noble essor,
Havre, heureuse cité, tu peux en être fière.
Montre à nos yeux ces mots gravés en lettres d'or,
Sublime éloge inscrit sur une simple pierre :
« Ici naquit Henri Bernardin-de-Saint-Pierre. »

Cet hommage humble et grand dans sa simplicité,
Aux jours marqués du sceau de la fatalité,
Du temps qui détruit tout subira les outrages ;
Mais l'âme d'un grand homme est toute en ses ouvrages ;
Là sont inscrits ses droits à l'immortalité.

Ah ! pour glorifier dignement sa mémoire,
Qu'un noble appel soit fait, France, à ta jeune gloire.
De cette lutte, où pleins de sève et de vigueur
Tes Poëtes viendront disputer la victoire,
Certes, ce n'est pas moi qui sortirai vainqueur :
Mais mon langage au moins sera celui du cœur.

II.

Issu d'une famille honnête, douce, affable,
Et, ce qui de nos jours serait un fait nouveau,
Dans ses principes ferme, inflexible, immuable;
BERNARDIN-DE-SAINT-PIERRE est à peine au berceau,
Que des rayons d'amour, de tendresse ineffable,
Sous le feu du regard l'échauffent en faisceau.

Sous le toit paternel tout lui paraît aimable,
Tout prend le coloris d'un gracieux tableau.
A cet ardent foyer des vifs élans de l'âme,
Comme au céleste azur d'étoiles parsemé,
Le cœur s'épanouit. — De l'enfant bien aimé
L'imagination toute jeune s'enflamme.
On prévoit de quel feu brûlera désormais
Ce cœur si chaudement ému d'une caresse.....
Il fut par une mère inondé de tendresse!
Douces impressions qui vivront à jamais.

Oui, tu seras féconde, ô terre vierge et pure!
Tu reçus dans ton sein le germe de la foi ;
Ton avenir est grand! Enfant, nul mieux que toi
Ne saura faire aimer et bénir la nature.

III

Dans son geste doux, caressant,
L'âme candide se révèle,
Et son génie adolescent
Déjà dans ses yeux étincelle.....
Oh ! qu'il aime de ROBINSON
La vie active, aventureuse!....
Sa maison timide, peureuse
N'est plus pour lui qu'une prison.

Un jour, HENRI pour se soustraire
A la honte d'un châtiment,
Dans le feu du ressentiment
Veut vivre en petit solitaire....
Mais descendante d'un héros,
Fille de BAYARD, sa marraine
Comprend le penchant qui l'entraine
Vers un avenir sans repos.

L'œil de cet ange tutélaire
Veille sur le frêle roseau,
Comme sous son aile, une mère
Couvre au nid le petit oiseau.
A l'enfant d'humeur vagabonde,
On donne pour guide un vieillard.
Il fait quelques pas au hasard
Et croit faire le tour du monde.

C'est que déjà sa jeune ardeur,
Dans sa précoce intelligence,
Ose sonder la profondeur
Des secrets de la Providence.
C'est que ses yeux se sont ouverts
Devant la Puissance infinie
Qui lance ses flots d'harmonie
Sur tous les points de l'univers.

Voici pourquoi d'un pas rapide,
A travers les champs et les bois,
Il suit l'infatigable guide
Qui l'encourage de la voix.
Laissez-lui dévorer l'espace,
Car sous un ciel pur et serein,
Il ne lui faut qu'une besace
Et le bâton du pélerin.

Oui, bon frère PAUL, Saint Ermite,
Ta parole a porté son fruit.
On comprend Dieu dans un beau site ;
C'est en voyageant qu'on s'instruit.

Au spectacle de la nature,
Le plus sceptique d'entre nous;
Si son âme est encore pure
Croit, admire et tombe à genoux.

Mais hélas! ces jours pleins de charmes
Passent comme tout ici-bas,
Voici venir l'heure des larmes,
L'âge adulte avec ses combats.
Adieu, frère PAUL, ton élève
Sans toi va courir désormais;
Car son ambition s'élève
Plus haut que tu n'iras jamais.

De la mer l'horizon immense
Suffit à peine à ses désirs.
Pour notre aventurier commence
Une ère de nouveaux plaisirs.
Il s'exhalte en quittant la France
Sans se douter qu'en ses décrets,
Auprès d'une folle espérance,
Dieu mit toujours d'amers regrets.

Cette mer, où sa tête ardente
Rêva le sort de ROBINSON....
Elle est calme!... Point de tourmente!
Rien qu'un monotone horizon!
Tout languit jusques au rivage
Du Nouveau-Monde si vanté....
Mais à peine en voit-il la plage
Qu'il faut partir désenchanté.

Que deviennent les découvertes
Du nouveau Christophe Colomb!
Où sont ces campagnes désertes
Qu'il peuplait avec tant d'aplomb?
Vain songe! c'est un équipage
Qui gronde ou jure autour de lui!
Et frère PAUL au doux langage
N'est plus là pour chasser l'ennui!

Reviens, Enfant, dans la patrie,
Reviens : mais, ô vœux superflus!
La fleur sur sa tige est flétrie ;
La fille de **BAYARD** n'est plus!....
Le cœur d'un ange tutélaire
Épanchait ses trésors sur lui.
Le Ciel a-t-il, dans sa colère,
Voulu briser ce saint appui!

Voilà que l'enfant qu'épouvante
L'éclat d'un funèbre flambeau,
Ecrit une page éloquente,
Agenouillé sur un tombeau!...
Ainsi **BERNARDIN-DE-SAINT-PIERRE**
Payant son tribut au malheur,
De sa gloire ouvre la carrière
Par son premier cri de douleur.

IV.

Comme le frottement fait jaillir l'étincelle,
Le coup que lui porta cette perte cruelle,
Réveilla dans son cœur le feu qui sommeillait
Et rendit pour toujours si touchante et si belle
L'histoire de sa vie à son premier feuillet.....
— Sous les serres d'un mal dont l'étreinte si rude
Fait maudire la vie et ses déceptions.
Son amour filial perd ses illusions ; —
BERNARDIN-DE-SAINT-PIERRE à son goût pour l'étude
Joint le dégoût du monde et des distractions.
Il sent que ses penchants sont pour la solitude.
Il est grave et rêveur, non point par vanité,
Mais par ce saint élan que la Sagesse nomme,
« Besoin qu'un noble cœur sent pour l'humanité »
De nos biens ici bas il veut grossir la somme.
— « Robinson n'est, dit-il, que la tête d'un homme,
» A moi la mission de lui donner un cœur.
» De cette tentative il faut sortir vainqueur!
» Et comme le guerrier triomphateur à Rome
» Du persifflage il faut braver le trait moqueur. »

Et voilà qu'en travail d'un peuple imaginaire,
Il comble Robinson des faveurs de l'hymen.
Son île reproduit tous les charmes d'Éden
Qui prouvent que du Ciel l'homme est originaire.
Mais seulement ici point de fruit défendu
Et nul ne pleurera son Paradis perdu.

D'une sage tribu le digne patriarche
Contre un fléau vengeur d'exécrables forfaits
N'aura pas à chercher un abri dans son arche.
Dieu ne punit point ceux qui chantent ses bienfaits....

Voilà par quels accords prélude le génie
Dont la touchante voix doit raconter un jour
Le drame attendrissant de PAUL et VIRGINIE.

On aime ces transports, ces doux accents d'amour,
Cantique solennel, ravissante harmonie
Qui, montant jusqu'à Dieu, célèbrent tour à tour
Sa tendresse pour nous, sa puissance infinie,
Et font d'un coin de terre un céleste séjour.

Déjà cette âme pure éminemment sensible
A pour unique but l'œuvre de charité,
Et pour régénérer la pauvre humanité.
Prenant l'homme au berceau, recommence la BIBLE.

V.

Ce bien-être pour tous qu'il rêva tant de fois
Porta tout son esprit vers l'étude des lois.
Son CODE va changer la face de la terre.....
Que faut-il pour briser l'étendard de la guerre?
Que faut-il pour tenir en repos tous les Rois?
     Mettre un frein à la perfidie
     HENRI l'a trouvé ce secret!
     Du bonheur la trame est ourdie
     Et l'âge d'or par un décret
     Renaîtra dans son ARCADIE.

Dans ces premiers essais qui captivent les yeux
On ne voit, il est vrai, rien de prodigieux.
Mais pour apprécier BERNARDIN-DE-SAINT-PIERRE
Il est bon de savoir qu'au seuil de sa carrière
Il eut pour guide sûr l'esprit religieux.
      C'est cette suprême influence
      Foyer de lumière éternel
      Qui montre à son intelligence
      Partout un Pouvoir paternel
      Et la main de la Providence.

Nous pourrons, en effet, le suivre pas à pas ;
Ce guide désormais ne le quittera pas.
Chez les peuples du Nord jusques en SIBÉRIE,
C'est du nouveau Numa la nouvelle Égérie ;
Fidèle ange gardien jusqu'au jour du trépas.
      Ainsi dans sa course rapide,
      De la France aux confins du Nord,
      Notre LÉGISLATEUR candide
      Par ses LOIS défiant le sort,
      Du genre humain se fait l'égide.

Enfin vient le moment de montrer au grand jour,
Dans le palais des Czars ses saintes LOIS d'amour.
Il parle ; il est troublé. — La Reine CATHERINE
Dans ce trouble ne voit qu'une grâce divine,
Qu'un favori de plus en son royal séjour.
      Et quand le jeune SOLON brigue
      L'honneur d'exposer son projet ;
      Voilà qu'on cabale, on intrigue
      Contre cet importun sujet
      D'une austérité qui fatigue.

Il est temps de partir pour éviter la mort ;
La Royale Justice est prompte aux Cours du Nord
Le jeune aventurier s'élance à VARSOVIE :
Pour une cause sainte il expose sa vie
Et c'est là que l'attend un implacable sort.

Une Dame de haut parage,
D'un mot égare sa raison;
De son amour qu'elle partage
Quel est le fruit? — ô trahison !
Ce fruit n'est qu'un cruel outrage.

En proie au désespoir, souffrant, abandonné,
Mortellement atteint du trait empoisonné.
Que tordit dans son cœur la princesse MARIE,
BERNARDIN DE SAINT-PIERRE arrive en sa patrie,
Cachant l'affront qu'il pleure et qu'il a pardonné.
Il vient demander à la France
Un baume à ses grandes douleurs...
Sa mère apprendra sa souffrance....
Il vient.... et de nouveaux malheurs
Brisent sa dernière espérance !

VI.

Après un long exil, tout lui manque à la fois !
Personne qui tressaille aux accents de sa voix....
Ses pleurs, que font couler des tortures cruelles,
Ne seront pas séchés par des mains maternelles.
En vain le malheureux dans son abattement
Cherche un consolateur....— Complet isolement !
Le Havre, lieux témoins des jeux de son enfance ;
Le Havre est bien changé depuis sa longue absence !
Le Havre n'est pour lui qu'un pays étranger....
Mais hélas ! à ce point lui seul a pu changer.
Sa rue, il s'en informe — Il est à deux pas d'elle.
Pourtant si sa mémoire est encore fidèle,
Si la douleur n'a pas égaré sa raison,
S'il se retrouve enfin ; c'est bien là sa maison....
Sur ce seuil vénérable il faut qu'il s'agenouille......
—Mais une femme est là qui file sa quenouille.
Pauvre femme ! Ses pieds affaiblis par les ans
Pressent d'un vieux rouet les ressorts impuissants.
Ce front tout décrépit, ces traits flétris par l'âge
N'offrent que les débris d'un bienveillant visage,

Mais qui conserve encore un air d'aménité,
De douceur maternelle et de sérénité.
BERNARDIN DE SAINT-PIERRE en la voyant s'écrie :
Oh ! Le Ciel soit béni ! N'êtes-vous pas MARIE ?
— Et MARIE est debout au son de cette voix.
« Mon Maître ! ô mon cher Maître ! Est-ce vous que je vois !...
Et la bonne TALBOT, la vieille gouvernante,
Aux pieds du voyageur vient se jeter mourante.
Le bonheur la suffoque. — O mon Dieu, le voilà !
Cet ange que mon cœur si souvent appela !
Oh ! qu'alliez-vous chercher si loin de notre France ?
— Hélas ! Bonne TALBOT, les regrets, la souffrance.
J'eus toujours le désir de vous faire du bien.
— Cher maître ! Je vous vois, je n'ai besoin de rien.
— Ainsi, dans ma maison te voilà solitaire !
— Ah ! n'interrogez pas celle qui doit se taire.
— Sur mes frères, sur moi Dieu fit peser son bras
Parce qu'il n'a trouvé que des enfants ingrats.....
— Mais Dieu ne m'a pourtant jamais abandonnée.
La preuve qu'il est bon, vous me l'avez donnée.
— Plus de parents, d'amis ! Plus de sœur !
                                        — Votre sœur,
Elle vit saintement. Notre-Dame d'Honfleur
Vient d'accueillir ses vœux pour son Epoux céleste.
— Du foyer paternel, voilà ce qui me reste !
— Oui, seule en ce logis pour vous y recevoir !
— O ma mère ! Pourquoi n'ai-je pu te revoir !
— Ah ! ce jour eût été pour elle un jour de fête.
Dieu ne l'a pas voulu. Sa volonté soit faite.

Et la bonne TALBOT, en retenant ses pleurs,
Cherchait par un sourire à calmer ses douleurs.

— Entrez chez moi, mon maître. On y tient deux à l'aise.

Ils entrent, en effet.... Une table, une chaise,
Un lit de paille, un coffre, un antique fauteuil
Vieux serviteur portant l'empreinte d'un long deuil.
Tel est l'ameublement de la pauvre Marie ;
Et voilà DE SAINT-PIERRE au sein de sa patrie !

VII.

Respect touchant, tendres affections,
Soins maternels prodigués en silence,
Font qu'au milieu des tribulations,
Même en regard d'une pauvre existence,
L'homme au cœur pur bénit la Providence
Et goûte en paix des consolations.

Mais DE SAINT-PIERRE à ses rêves fidèle,
Médite encor, se creuse le cerveau.....
Sa vieille bonne est toujours digne d'elle ;
Mais il craindrait d'épuiser tant de zèle.
Partons, dit-il ; par un effort nouveau
Il faut tenter la fortune rebelle.
C'est à Paris que la gloire m'appelle ;
C'est à Paris que tout prend son niveau.....

Pauvre TALBOT ! Tes secrètes alarmes
Te présageaient la volonté de Dieu.. ..
Dans ses apprêts que trahissaient ses larmes
Tu pressentis un éternel adieu !

Il est parti, le cœur plein d'espérance,
Portant toujours, toujours comme autrefois,
Son CODE en mains, ses pacifiques LOIS
Dont il veut faire hommage au Roi de France.

De son grenier, du plus haut de sa tour,
Il a plongé ses regards dans le monde.....
Pour lui Paris est la machine ronde,
Où tout s'élève et descend tour à tour.
Tout ce qui monte a l'éclat d'un beau jour ;
Tout ce qui baisse, hélas ! n'est plus qu'immonde.
Il le voit bien, perdu dans son faubourg.
C'est à Paris comme à Saint-Pétersbourg.

Sur son grabat, dans sa pauvre mansarde
Et du foyer de l'intrigue isolé,
L'ardent jeune homme est encor consolé
Par les faveurs que l'avenir lui garde;
Mais attiré par l'appât de ces biens
Qu'offre à ses yeux la fortune volage,
Il s'enhardit, il brise les liens
Qui loin du monde enchaînaient son courage.
Il s'aventure, il tente les hasards;
Il joue enfin sa gloire à croix ou pile,
Lorsque sur lui tombe un de ces regards
Empoisonnés comme ceux d'un reptile.

Sous les dehors d'une affable amitié,
De cet accent que le cœur légitime,
On manifeste, en riant à moitié,
Au pauvre auteur l'ironique pitié,
Et pour son œuvre une arrogante estime....
Oh! d'un tel coup n'est-il pas écrasé!
Et du mépris sous l'étreinte insolente,
Ne sent-il pas tout son corps embrasé
Comme au contact d'une armure brûlante....

En pareil cas on se tue aujourd'hui.
Ce dénoûment, d'un courage équivoque,
Est un progrès qu'on doit à notre époque.
Mais DE SAINT-PIERRE, en butte avec l'ennui,
Croyant en Dieu, mit tout espoir en lui.

Est-ce au hasard, est-ce à la Providence
Qu'il dut enfin la faveur d'un succès.
Jusqu'à la Cour son ouvrage eut accès;
Même un des Grands, pour mettre en évidence
Tout le talent de l'auteur, son ami.
S'attribua l'œuvre en compte à demi.
Beau dévoûment! flatteuse confidence!...
Mais DE SAINT-PIERRE a béni le hasard
Qui raffermit sa marche aventurée,
Car désormais sa gloire est assurée:

Son CODE ira régir MADAGASCAR !...
Il connaît donc l'heureuse colonie
Qu'il va doter du plus rare trésor !
Son âme ardente a repris son essor.
Descends des Cieux, ô divine harmonie !
Viens à sa voix, viens, il est temps encor,
Viens dans le sein de cette île bénie,
Mieux qu'autrefois chez les peuples du Nord,
Réaliser enfin les rêves d'or,
Dont si souvent fut bercé son génie.
Plus de tristesse et plus d'accents plaintifs !
Un peuple heureux que la vertu rallie !
Sous un Ciel pur la nature embellie !
Certes, voilà d'assez puissants motifs
Pour dissiper toute mélancolie.....
Mais aux yeux secs des hommes positifs,
Pour qui la gloire est une anomalie,
L'enthousiasme est presque une folie.
Les gens de cœur, pauvres extravagants,
Comme le fut BERNARDIN DE SAINT-PIERRE,
Pour exploiter leur illustre carrière
Trouvent toujours d'habiles intrigants.

Un chevalier de Saint-Louis, beau sire
Un peu râpé, jadis riche colon,
Voulait aussi fonder un grand Empire ;
Chemin faisant il cherchait un SOLON.
Pour ramener l'âge d'or sur la terre,
Tout novateur en veut bannir l'argent ;
Le chevalier, de ce soin se chargeant,
Avant FOURIER rêva le phalanstère.
Or il flaira notre législateur
Comme un cheval de loin flaire l'avoine ;
Et DE SAINT-PIERRE en fit un sectateur
Des plus ardents..... Il en eût fait un moine ;
Tant est servile un plat adulateur.
Il sut trop tard ce que coûte un flatteur ;
Tout y passa, jusqu'à son patrimoine.

Lorsque ses yeux ne sont plus éblouis,
Ii reconnait, dans l'humble pénurie,
Qu'un chevalier, même de Saint-Louis,
Peut être au fond chevalier d'industrie.

Mais DE SAINT-PIERRE est tout au genre humain:
Il n'est pas homme à rebrousser chemin.
Il veut partir, mettre à fin l'aventure......
De ces guerriers de sauvage nature
Il veut un jour faire un peuple Romain.
Madagascar!.. — De la ville éternelle
Tu dois un jour éclipser la splendeur;
Car tu sauras atteindre à sa grandeur
Et propager l'Union fraternelle!
Salue un Roi LÉGISLATEUR chrétien!
A ses vertus tu devras rendre hommage.
Pour t'éclairer sur le mal et le bien,
Des grands penseurs il recueillit l'ouvrage ;
C'est son trésor; c'est là tout son bagage;
Ton avenir est désormais le sien.
Pour te doter des LOIS qu'il t'a promises,
Il a tout fait.... — Il ne lui manque rien.
Rien — si ce n'est qu'il n'a pas de chemises.

Je suis ici fidèle historien.

Un riche ami du pauvre DE SAINT-PIERRE.
Par son crédit, chez la grosse lingère
A pu trouver quelques provisions
Et rendre ainsi, pour ses excursions,
Du Roi futur la malle moins légère.

Ce dénûment, cette simplicité
En disent plus qu'un long panégyrique.
Pour le penseur qui met la vérité
Bien au-dessus des fleurs de rhétorique,
Tout l'homme est là dans sa naïveté.
Ce dernier trait est caractéristique.

On part enfin. — Le *chevalier* courtois
S'est proclamé le chef de l'entreprise,
Et le vaisseau, que chasse au loin la brise,
Semble en sa course obéir à sa voix.
Ce noble Preux, que la France expédie
Pour leur bonheur dans les pays lointains,
A ramassé des Martons, des Frontins
Tant bien que mal jouant la tragédie :
Il en attend des prodiges certains !
Puis, à part lui, d'avance il congédie
Et DE SAINT-PIERRE et ses auteurs latins,
Ses sages Grecs et l'Encyclopédie.
Or, si l'on veut se mettre à la hauteur
Des grands projets de ce navigateur
Qui, grâce au Roi, fait des mers son domaine,
Il faut savoir que ce vaillant héros,
Noble histrion à l'allure romaine,
Pour se soustraire aux ennuis du repos
S'est fait marchand — marchand de chair humaine !

Et DE SAINT-PIERRE est là sur ce vaisseau
Qu'il aime à voir voguer à pleines voiles
Vers l'EDEN pur qu'enfanta son cerveau.
Simple ! Il est là contemplant les étoiles,
L'astre des nuits qui se mire dans l'eau.
Dans son hamac, sa pensée endormie
Laisse échapper des mots mystérieux
Qu'en d'autres temps sans doute et d'autres lieux
Il recueillit de quelque voix amie.......
Mais quel réveil, quand il apprend un jour
Du chevalier le satanique tour !....
Quand se revèle à lui cette infamie !
Il est tombé dans un piége de Cour.....
O triste fin d'une gloire éphémère !
Un intrigant s'est joué de sa foi.
Plus de contrée à doter de sa loi.
Madagascar — Déception amère !
Ce beau pays qui le proclamait Roi,
Madagascar n'est plus qu'une chimère !..

A-t-il enfin payé tout son tribut
Au sort fatal qui poursuit sa conquête?
Non. — Le vaisseau n'a pas atteint son but.
Il faut encor qu'une horrible tempête
Dans tout l'éclat de sa fureur se jette
Sur des mourants dévorés du scorbut.

Il était temps qu'un rayon d'espérance
Vint éclairer un lugubre horizon........
— Terre!... — O bonheur! ô cri de délivrance!
Le voyageur, brisé par la souffrance,
Va donc quitter son infecte prison!

—Terre!..—On signale au loin l'Ile de France.

Et De Saint-Pierre, avide observateur,
Veut le premier contempler ce rivage
Dont il s'est fait la plus riante image,
Longtemps avant d'en être spectateur.

Eh quoi!... — Du sort est-ce une raillerie!
Pour le jeune homme épurant ses plaisirs
Au feu sacré des plus nobles désirs,
Tout n'est-il donc, mon Dieu, que rêverie!
Eh quoi! Toujours tomber du haut des Cieux,
Dans le désert, comme l'ange rebelle!
Fille du Ciel, que Dieu créa si belle,
Terre! autrefois Jardin délicieux,
N'es-tu donc plus qu'une horrible parcelle
De l'œuvre immense où tout charme nos yeux!...

— Sur des rochers, l'herbe jaune et flétrie!
Un sable au fond de sanglante rougeur!
Tel est l'aspect qu'à notre voyageur
Présente au loin sa nouvelle patrie.

Enfin du Port retentit le canon....
— Et notre ami Roi, Conquérant, Grand-Juge,
Est trop heureux de trouver pour refuge,
Dans son Empire, un pauvre cabanon!

Quel fut le fruit de ces rudes voyages?
Qu'en revint-il au jeune audacieux
Qu'on a taxé d'esprit ambitieux?....
— Quelques oiseaux, des fleurs, des coquillages.

C'est qu'il ne fit dépendre son bonheur
Que du travail, des plaisirs de l'étude :
C'est que jamais, dans son inquiétude,
La soif de l'or n'a flétri son honneur.

Non, ses projets, ses rêves d'harmonie
Que quelques uns appellent vanité;
N'ont pas été perdus pour son génie
Qu'il consacra tout à l'humanité....

Il rapporta de cette colonie,
Outre une pure et noble pauvreté,
Son plus beau titre à la postérité,
Ce chant divin, d'une grâce infinie,
Que l'on dirait à la Bible emprunté;
Le chant d'amour de PAUL et VIRGINIE.

VIII

Qui de nous, hélas! n'a passé
Par ces jours de mélancolie,
Où tout à nos regards prend un aspect glacé,
Où tout ne semble enfin qu'ironie ou folie!.....

Si les déceptions, le dégoût, le souci
Au commun des humains font une rude guerre,
Ils la font implacable, inique, sans merci
A l'homme qui s'élève au dessus du vulgaire.

Ainsi, lorsque assuré de l'Immortalité
Par l'éclat dont rayonne une illustre carrière;
Ainsi lorsqu'il reçoit, dignement mérité,
L'hommage de la France et de l'Europe entière,

2

Nous pourrions suivre encor **Bernardin de Saint-Pierre**
Dans sa lutte incessante avec l'adversité.

Cet homme, dont le cœur s'élève en ses ouvrages,
Par de nobles élans, vers la Divinité ;
Cet homme, qui n'avait qu'un but dans ses voyages,
          La cause de l'humanité ;
               On osa l'accabler d'outrages,
On osa l'accuser d'insensibilité !.......

Cœur insensible et froid ! l'auteur des **Harmonies** !
Insensible ! l'ami de **Rousseau**, de **Chénier** !....
Interrogez **Ducis**, **Legouvé**, **Lemercier**,
David, **Vernet**, **Lebrun**, les plus nobles génies ;
Et laissez le serpent sur la lime d'acier
Mordre, pour l'injecter du fiel des calomnies.

          A la lueur d'un funèbre flambeau,
               Nous avons vu, dans son adolescence,
De Saint-Pierre, en son cœur puisant son éloquence,
Illustrer de ses pleurs un modeste tombeau.....
          Nous avons vu le jeune **De Saint-Pierre**
                    Payant son tribut au malheur,
                    De sa gloire ouvrir la carrière
                    Par son premier cri de douleur......
Et maintenant, courbé sous le poids des années,
Nous le retrouverons père de deux enfants,
Jeunes plantes encore à leur premier printemps,
               A lui survivre destinées.......
Car la mort le menace ; elle approche à grands pas ;
Et chaque jour s'éteint le feu de son génie....
De Saint-Pierre, vieillard, sent bien qu'il n'aura pas
La poignante douleur d'assister au trépas
Des deux enfants chéris que sa joie infinie
Baptisa des doux noms de **Paul** et **Virginie**......

Mais si d'un tel malheur son âge est à l'abri,
Oh ! qu'il sent d'un ami la blessure mortelle,
               Quand de la douleur paternelle,
Jusqu'au fond de son cœur a retenti le cri !

Sur l'ami que sa voix console,
Lorsque à tant d'infortune il offre un saint appui ;
Quel charme irrésistible exerce sa parole !
Écoutons **De Saint-Pierre** et pleurons avec lui.

» Hier je l'avais vu, cet agneau plein de vie,
» Caresser du regard ton visage attendri.
» Je l'avais vu sourire, et ton âme ravie
» Environnait d'amour ce jeune front chéri.

» Et je sentis alors renaître mon courage :
» Et je disais : Mon Dieu ! Mon Dieu se pourrait-il
» Que l'implacable mort, respectant son jeune âge,
» De ses jours innocents n'osât trancher le fil !.....

» Oui mon cœur tout entier s'ouvrit à l'Espérance,
» A l'Amour de Dieu-Père, à la Foi du chrétien ;
» Et j'aimais à placer cette frêle existence
» Sous la protection de son Ange gardien.

» Comme le fier soldat escaladant la brèche,
» Je regardais la mort face à face, en vainqueur.
» Comme le mage saint incliné vers la crèche,
» J'offrais à cette enfant les trésors de mon cœur.

» De quel prix racheter cette innocente vie ?
» Qui pourrait s'élever comme elle jusqu'à Dieu ?
» Oh ! combien sa candeur était digne d'envie,
» Lorsqu'en pressant ma main, elle me dit : Adieu.....

» Je m'éloignai tremblant, les yeux baignés de larmes.....
» Cet adieu, de son âme annonçait-il l'essor ?
» Pourtant ce souvenir avait pour moi des charmes ;
» Je l'avais vu sourire et j'espérais encor.

» Puis au lever du jour, l'anxiété dans l'âme,
» Accablé sous le poids d'un noir pressentiment,
» J'accours où l'amitié plaintive me réclame,
» Craignant de voir déjà ce drame au dénoûment.

» J'écoute et du tombeau règne le froid silence.
» J'ose à peine franchir le seuil du temple obscur
» Où se font les apprêts d'un sacrifice immense.....
» Pour autel un berceau! Pour victime un cœur pur!

» Enfin s'ouvre à regret cette fatale porte......
» Quel spectacle lugubre est offert à mes yeux!
» Ah! je l'avais prévu! C'en est fait... morte! morte!
» Morte en vous souriant pour ses derniers adieux....

» Oh! les desseins de Dieu sont un profond mystère!
» Ange tombé du Ciel pour nous le faire aimer,
» Tes yeux se sont à peine ouverts sur cette terre,
» Est-ce ton père, hélas! qui devait les fermer!..... »

D'un homme au cœur de glace étrange témoignage!
Ici point de calculs d'une fausse pitié;
Point de ces pleurs offerts comme un pompeux hommage;
          Mais un naïf et fraternel langage,
               Le langage de l'amitié.....
Car entre deux amis tout doit être en partage,
Du bien comme du mal chacun prend sa moitié.

Un jour que ROUSSEAU triste et d'humeur un peu rude
               Se voyait, suivant l'habitude,
Comme le point central d'un cercle de malheur
               Et parlait de la *Solitude*
               Avec éloquence et chaleur....
               —Oh! vivre en paix dans la campagne!
S'écria DE SAINT-PIERRE, un tel sort serait doux....
Mais *seul*! Non. J'y voudrais une aimable compagne!
Des enfants, puis encore un ami tel que vous.

Rien ne touchait son cœur comme un saint mausolée
               Conservant les tendres adieux
               D'une famille désolée.......
« Je n'ai jamais compris, disait-il, qu'en ces lieux
On pût croire au bonheur de notre *âme isolée*,
               Fût-ce même au plus haut des Cieux. »

Voilà l'homme qu'au temps du grand patriotisme,
L'ignoble carmagnole accusa d'égoïsme !
Voilà l'homme appelé par des fous, vieux rêveur !...
C'est l'homme qu'un stupide et brutal fanatisme,
Dans sa délirante ferveur,
Ne reconnaissait pas digne de la faveur
D'un certificat de civisme !.....

DE SAINT-PIERRE proscrit et mis par les *savants*,
Hors du Temple de la Science ! ...
Pour avoir proclamé DIEU, dans sa conscience !
Pour avoir osé croire aux cœurs reconnaissants !
C'est lui...—Les malheureux !—C'est lui, c'est DE-ST-PIERRE,
C'est lui que l'on a vu, dans ce temps de lumière,
Accablé sous le poids des ans,
A l'ingrate Patrie adressant sa prière,
Sa prière à genoux, entre ses deux enfants,
N'implorant pour abri qu'une pauvre chaumière !

Enfin, après un mois de misère, d'ennui,
Survient pour le vieillard un retour de fortune....
Un de nos fiers Tribuns que sa vue importune
Daigne lui prêter son appui ;
Et par une faveur, en ces temps peu commune,
On lui permit de vivre..... et de mourir chez lui.

Reconnais, lui dit-on, cet acte de clémence ;
On t'accorde un certificat.....
Dans ton cœur de chrétien chante *Magnificat*....
Et rends grâce à la Providence.

DE SAINT-PIERRE, en effet, rendait grâces au Ciel
D'avoir pu, sain et sauf, traverser la tempête ;
Mais au sanglant Calvaire où Dieu sauva sa tête
Le vieillard eut sa part de vinaigre et de fiel.

Oh ! que l'ardente soif de la gloire est fatale
Au cœur noble, ulcéré dans son isolement !
L'illustre enfant du Havre a connu ce tourment....
Il vécut oublié de sa ville natale.

Et ce fut pour son âme un amer souvenir !
» Hélas ! disait-il, même au plus haut de sa gloire,
» Les Havrais ont-ils peur d'escompter ma mémoire !...
» Pour eux, mort au présent, vivrai-je en l'avenir ?....

Un jour, un compagnon des jeux de son enfance,
Ayant besoin de lui, proclamait son renom.
Vos amis, lui dit-il, sont fiers de votre nom :
Ils ne sont en cela que l'écho de la France.....

— » Se peut-il que mon nom ait retenti si loin !
Lui répliqua l'auteur de Paul et Virginie,
Avec un fin sourire où perçait l'ironie :
» Peut-être de ma tombe ils prendront quelque soin....

» Peut-être ils jetteront des fleurs sur mon cadavre !
» Voici des lettres, là ; tenez, voyez, lisez,
» De tous les points du globe un peu civilisés !
» Vous n'en trouverez pas une seule du Havre. »

IX.

C'est du choc violent des Autans en fureur
Que l'électricité fait jaillir sa lumière.
C'est quand il a subi l'étreinte du malheur
Que le génie éclate et s'ouvre la carrière.

Pour bien apprécier à sa juste valeur
      HENRI BERNARDIN DE SAINT-PIERRE,
Faut-il, le prisme en main, décomposer au jour
      L'auréole qui l'environne ?....
Faut-il déchiqueter, effeuiller tour à tour
      Chaque fleuron de sa couronne ?....

Nous laisserons ce soin à ces petits cerveaux,
Experts dans tous les arts, hors dans l'art de se taire ;
Louant les noms anciens aux dépens des nouveaux ;
Admirant tel chef-d'œuvre..... après un commentaire,
Et recueillant des morts les glorieux travaux,
      Sous bénéfice d'inventaire.

Nous laisserons ce soin au grotesque rhéteur,
Arbitre souverain dans la littérature,
Qui laisse ses arrêts tomber de sa hauteur.
C'est lui qu'on pourra voir, chétive créature,
S'enfler jusqu'à crever, pour dominer l'auteur
    Des **Etudes de la Nature**.

Non pas que nous ayons la folle vanité
De prétendre imposer silence à la critique......
L'erreur, on le sait, marche avec l'humanité,
Et **De Saint-Pierre** aussi se fit systématique,
Mais son livre est un hymne à la Divinité,
    Son chant, un céleste cantique.

Qu'importe à notre siècle, implacable censeur
Pour qui tout noble élan n'est qu'une maladie.....
Il rit du pauvre fou qui rêva l'**Arcadie**,
Comme il rit, de nos jours, de son plus grand penseur.
Mais l'un et l'autre auront, aux jours de l'**Harmonie**,
    Le genre humain pour défenseur.

Oui ; tu seras, un jour, béni sur cette Terre,
Comme dans la cité qu'illustra ton berceau.....
Et nos petits neveux, enfants du Phalanstère,
Par groupes réunis, symbolique faisceau,
Honoreront en chœur, dans ton beau caractère
    L'ami de Jean-Jacques Rousseau.

En attendant, voici l'innombrable famille
Des écrivains du jour, compacte peloton,
Faisant feu sur tout front où trop de gloire brille.
Car détrôner la gloire est l'extrême bon ton
De l'âge d'or qui met Meyerbeer en quadrille
    Et Lamartine en feuilleton.

J.D. Drouin del.

CASIMIR DELAVIGNE

Quand, pour se relever aux cieux,
C'est un de ses enfants qui tombe,
Le Havre seul, sur cette tombe,
Restera-t-il silencieux!.......

JEAN FRANÇOIS CASIMIR DELAVIGNE

né au Havre le 4 Avril 1793

MORT DANS L'HOTEL DE PROVENCE, A LYON, LE 11 DÉCEMBRE 1843

INHUMÉ AU CIMETIÈRE DU PÈRE LACHAISE LE 21 DU MÊME MOIS.

C'était aux jours brumeux de l'année expirante ;
Jours où toute douleur a la voix déchirante ;
Où le soleil voilé, comme un pâle flambeau,
          Semble par sa lueur mourante
La lampe sépulcrale et la terre un tombeau.

C'était un de ces jours de tristesse profonde,
Jours où des éléments rien ne trouble la paix ;
Où l'haleine des vents effleure à peine l'onde,
          Où des brouillards le voile épais
Comme d'un grand linceul enveloppe le monde.

Le soir d'un de ces jours réservés par le sort
Aux plus funestes coups de l'implacable mort ;
Au fond d'un cimetière, à travers un bois sombre
De cyprès, de tuyas, de pins majestueux,
On put voir, aux détours de sentiers tortueux,
Se glisser comme un spectre, une âme en peine, une ombre,
      Qui parmi des tombeaux sans nombre
Perdait en longs circuits ses pas infructueux.

Cette apparition nocturne, ce fantôme,
Guidé par un rayon de douteuse clarté,
A mesure qu'il est du fond plus écarté,
D'arbre en arbre avançant, prend l'aspect d'un jeune homme....
C'est un jeune marin à l'air audacieux :
Mais on peut voir qu'ici sa fierté s'humilie.
Dans ce champ de douleur, calme, silencieux,
De cette âme de fer la trempe est ramollie,
Et sur ce noble front élevé vers les cieux
L'énergie a fait place à la mélancolie.

Des sanglots étouffés, un sourd gémissement
Ont attiré ses pas vers un point solitaire,
Où deux hommes plongés dans le recueillement,
Paraissent méditer, à genoux, sur la terre.

L'un est déjà dans l'âge où la maturité,
Voit les illusions si riches d'espérance
Passer, s'évanouir comme un songe, en présence
      De l'affreuse réalité.

L'autre est un vieux soldat, débris de notre gloire
Qui jeune s'illustra dans les plaines d'Eylau,
      Vit l'ouragan de Waterloo
Et brisa son épée aux rives de la Loire.

On les dirait tous deux sans vie et sans chaleur,
Comme ces marbres froids emblêmes du malheur......
Mais autour du tombeau la terre piétinée,
Ce tertre couronné de l'Immortelle fleur,
Tout annonce qu'ici la triste matinée
Vit la foule apporter son tribut de douleur.

—Je reconnais enfin cette tombe à ce signe,
Dit le jeune marin en leur tendant la main ;
Les pleurs ont égaré mes pas de leur chemin :
Ici repose en paix CASIMIR-DELAVIGNE......

— Vous l'avez dit, jeune homme, et voici son tombeau.
Si votre cœur comprend notre douleur immense,
Venez auprès de nous et priez en silence.

—Le port du Havre fut notre commun berceau.
Je suis marin ; j'arrive et ne veux à personne
Céder l'honneur d'offrir ma modeste couronne.

—Havrais!... Qui que tu sois, viens; serrons-nous la main!
Sa bouche, au lit de mort, par la douleur flétrie,
A murmuré le nom si doux de la patrie......
Viens! L'offrande au tombeau n'a pas de lendemain.

Et voilà trois amis qui confondent leurs larmes,
Trois cœurs qui pour gémir n'ont qu'une même voix...
Et comme si la tombe eût ses magiques charmes ;
En présence d'un nom crayonné sur la croix,
Trois générations, la gloire de nos armes,
        Qui se prosternent à la fois......

L'heure approche où tout va tomber dans les ténèbres.
Mais de l'astre des nuits le lugubre flambeau,
Du voile nébuleux écartant un lambeau,
Vient éclairer ces lieux de ses teintes funèbres.

Alors on entendit comme un bruissement......
Une rumeur lointaine..... un sourd chuchotement.
On eût dit qu'assemblé tout un faubourg en masse
Dans quelque souterrain conspirait à voix basse......
Plus on prête l'oreille et plus on est surpris.....
Quel peut être ce bruit?.... Il grandit, il s'avance;

On ne peut s'y tromper ; c'est une foule immense ;
Ce sont les ouvriers, les enfants de Paris !.....
C'est le peuple qui vient faire acte de présence :
Il vient redire en chœur au digne enfant de France
Les chants de liberté qu'il nous avait appris.
Dans son hommage pur de toute flatterie,
Il vient dire au Poëte, au nom de la Patrie :
« De la vertu civique à toi revient le prix. »

Et comme électrisé le vieux soldat se lève.
Et son air de grandeur, son vénérable aspect,
Au peuple qu'il regarde imprime le respect.
Son geste est prompt, sévère, et sa parole est brève.

—Mes amis, point d'éclat : c'est de trop aujourd'hui.
Soyez les bienvenus et prions Dieu pour lui.

— Oui, paix à son tombeau !. . Que tout le monde prie.
Mais parlez-nous de lui, dit la foule attendrie.....

Et le vieillard, des yeux consulte le marin.
Mais déjà tout ce peuple impatient murmure.
D'abord un peu troublé le marin se rassure,
Et comme aux flots émus, oppose un front serein.
—Je n'ai pas, leur dit-il, l'accent de l'élégie :
Par sa voix la douleur est souvent allégie....
La fermeté convient à nos regrets amers.
Si ma parole rude ou vous choque, ou vous blesse,
Pardonnez : Un cœur pur s'exprime sans faiblesse,
Mon langage est celui qu'on parle sur les mers.
— Parlez, dit le vieillard, ce peuple vous en prie,
Dites-nous les regrets qu'éprouve sa patrie.

II.

Un silence profond règne au champ du repos ;
Et le marin s'incline et s'exprime en ces mots :

« D'où vient que d'un crêpe funèbre
Se couvre la patrie en deuil?
C'est qu'à genoux, près d'un cercueil
Elle pleure une mort célèbre.
Quand, pour se relever aux cieux,
C'est un de ses enfants qui tombe,
Le Havre, seul sur cette tombe,
Restera-t-il silencieux !

Oh ! lorsqu'un hymne funéraire
Part de tous les cœurs à la fois,
Pourrait-on accuser ma voix
De prendre un essor téméraire!
Non. De grands efforts superflus
Trahiraient sa faiblesse insigne;
Mais à Casimir Delavigne
J'offre nos pleurs et rien de plus.

Oui, c'est un spectacle sublime
Aussi consolant qu'il est beau,
Que de voir autour d'un tombeau
Ce concours immense, unanime,
Élevant ses regrets vers Dieu ;
Et dans une sainte harmonie
Brûlant sur l autel du génie
L encens d'un fraternel adieu.

Des Alpes gravissant la cime,
On voit le hardi voyageur
Saisi d'une morne stupeur,
Quand sous ses pieds s'ouvre un abime!.....
Ainsi d'un cruel coup du sort
Tressaillit sa ville natale,
Quand vint la nouvelle fatale :
Casimir Delavigne est mort !!....

Il est mort celui que la France
Adopta dès ses jeunes ans....
Comme arrachée à ses enfants
La mère accueille une espérance.
C'est qu'il avait dit dans ses vers,
Chantant nos malheurs, nos victoires :
« J'ai des chants pour toutes nos gloires,
» Des larmes pour tous nos revers. »

En effet, quand notre patrie
Eut subi le joug étranger,
Delavigne avec Béranger
Releva sa gloire flétrie.
S'il peint par de sombres couleurs
De **Waterloo** le grand carnage,
Il sait rendre un sublime hommage
A la **Vierge de Vaucouleurs**.

A ses premières **Messéniennes**
Succède un chef-d'œuvre nouveau ;
Le peintre a trempé son pinceau
Au sang des **Vêpres Siciliennes**.....
O scrupule prodigieux !
Des coulisses une Vestale
Au mot Vêpres voit un scandale
Fait pour blesser ses chastes yeux.

Thalie a soufflé ce scrupule
Au cœur de ses anges gardiens.
Le poëte des **Comédiens**
Va flageller le ridicule.
A vous, rois grecs, princes romains,
De son fouet rien ne vous préserve :
A Molière il a pris sa verve ;
Il tient sa férule en ses mains.

L'aigle poursuivant sa carrière
S'élance au drame oriental,
Puisant ses forces dans Raynal
Et dans Bernardin de St-Pierre.

Car jamais il ne varia
Dans son essor en droite ligne ;
Et la gloire de **Delavigne**,
Grandit de tout le **Paria**.

Dirai-je le succès immense
De son **École des vieillards** !
Qui captive ainsi nos regards ?
Le jeu de Danville ou d'Hortense ?
Oh !... Oui, nos mains applaudiront
Le grand acteur, la grande actrice.....
Mais une muse protectrice
De l'auteur couronna le front.

Mais de l'éclat qui l'environne
Déjà mes yeux sont éblouis....
Voici l'astucieux **Louis**
Qui vient ressaisir sa couronne.
Voici les beaux **Enfants d'Edouard**
Dont le malheur nous électrise !
Voici le **Doge de Venise**
Jeune dans son cœur de vieillard.

Comment, dans un étroit espace,
Parcourir un vaste trajet ?
Comment épuiser son sujet
Quand on faiblit à la préface ?
Ucat à qui par un fol orgueil
Croyant honorer ta mémoire,
Voudrait faire à sa propre gloire
Un piédestal de ton cercueil.

L'hommage pur est le seul digne
De celui que nous pleurons tous.
Adieu, toi qui fus noble et doux !
Adieu **Casimir Delavigne** !.....
Nous pleurons un des grands malheurs,
Et ton âme en peut être fière ;
Car tout grand homme en sa carrière
Souffrit de secrètes douleurs.

Sur cette tombe où tu reposes
Après tant de jours soucieux,
Qu'un autre transforme à nos yeux
Ta couronne d'épine en roses....
Que Paris te jette ses fleurs;
Mais que ta ville désolée,
Aux pieds de ton grand mausolée
Te fasse hommage de ses pleurs. »

Et d'une seule voix cette masse s'écrie :
« Honneur à qui nous parle au nom de sa patrie!
Honneur à lui! Son cœur vient de parler pour nous! »
Et tout ce peuple pleure et se met à genoux....

III.

On eût dit réunie une famille immense.
Et le vieillard, après un solennel silence,
Dit à ces ouvriers :

                « Relevez-vous amis!
Lorsque percée au cœur, on vit tomber la France,
Dieu pour la relever envoya l'Espérance.....
Le baume sur sa plaie un poëte l'a mis!....
Ange consolateur, il fut le bon génie
Dont la main flagella du fouet de l'ironie
Ce troupeau de vingt rois, nos insolents vainqueurs.
On eût dit, quand sa voix pénétra dans nos cœurs,
Que sur nous descendait la céleste harmonie.

Ah! bénissons sa tombe ou nous serions ingrats.

De nos fiers bataillons quand l'audace guerrière
Eut affronté du Nord les rigoureux frimats,
J'ai vu sur le Kremlin flotter notre bannière.....
Et tomber embrasée aux pieds de nos soldats!
A Waterloo j'ai vu la victoire infidèle
Par de traîtresses mains briser nos étendards.

Noble France! J'ai vu ta couronne immortelle
Arrachée à ton front du haut de nos remparts!
J'ai vu des rois cracher sur ta face si belle,
Et leur char triomphal souiller nos boulevards!
J'ai vu l'aigle abattu, mais dont l'œil étincelle,
Jeté par l'infamie aux dents des Léopards!
O souvenirs empreints de honte et de tristesse!
Qui vous effacera du cœur du vieux soldat!
Pourra-t-il oublier l'insulte à sa détresse,
L'outrage à son drapeau, même au sein de l'Etat!....

Quand le soldat flétri se révolte, s'indigne,
Il n'a plus qu'un seul vœu, c'est le repos des morts.....
Quelle puissante voix calmera ses transports?
Un homme l'a tenté, son âme en était digne;
Et cet homme, il a vu couronner ses efforts;
La patrie a nommé CASIMIR DELAVIGNE!

Il parle, et le soldat au front cicatrisé
Tressaille à cette voix qui vibre aux cœurs des braves.
Quand le poëte a dit : De ce trône brisé
L'aigle est tombé.... Mais nous!.... Sommes-nous des esclaves?
Avec lui le soldat avait fraternisé....
Et nouveau Spartacus, pour rompre ses entraves,
Au foyer de cette âme il s'est électrisé!

Oui, tu nous as rendu la force et l'espérance.
Oui, ta main releva le courage abattu.
Ta gloire de poëte appartient à la France :
Le vieux soldat doit rendre hommage à ta vertu! »

Et le peuple applaudit à ce touchant langage.

« Honneur à toi, soldat! Honneur à ton courage,
Honneur à toi! Ton cœur vient de parler pour nous. »

Et sur la terre sainte, il retombe à genoux.

VI.

Celui dont la tristesse absorbait les pensées,
Qui jusque là parut étranger, comme acteur,
A ce drame nocturne et son seul spectateur ;
Tout-à-coup se redresse aux clameurs insensées
Qui troublent sa raison dans un rêve trompeur.
Par son morne silence et sa froide torpeur,
Il croit voir d'un ami les mânes offensées....
Il sent, à ce reproche, un reste de chaleur
Réchauffer sa pauvre âme.... Et sa main fait un signe.
Il parle....... Et l'on crut voir à sa grande pâleur,
A sa voix sépulcrale, à son front noble et digne,
Sortir de son tombeau Casimir Delavigne !

« Vous l'entendez, d'énergiques douleurs,
Comme un concert des célestes phalanges,
Ont exalté sur le trône des anges
Ce lit funèbre arrosé de nos pleurs.
Ma voix aussi voulait lui rendre hommage ;
Et les sanglots étouffaient mes accents.
Ah! pardonnez au trouble de mes sens ;
L'amitié seule a compris ce langage.
Je dirai mal ce qu'en mon cœur je sens ;
Et la parole est mon plus faible encens.

Vous le savez, son accent poétique,
Sa voix puissante a trouvé des échos.
Vous l'avez vu, dans cet élan magique,
Qui fit de vous un peuple de héros.
Car dans son cœur, dès ses jeunes années,
Ce chant divin, chant d'amour exalté
Pour la patrie et pour la liberté,
Fut le prélude au chant des Trois Journées.

Mais ce que fut depuis ses premiers pas
Dans la carrière où s'illustra sa vie,
Son âme pure et si digne d'envie ;
Mais ce qu'il fut jusqu'au jour du trépas ;
Mais sa noblesse au foyer domestique,
Dans la vertu sa constance énergique,
Oh! j'en suis sûr ; vous ne le savez pas.

Qui vous l'eût dit?.... Sa tendre bienfaisance
En s'épanchant sur les amis nombreux
Qu'elle a comblés de ses soins généreux,
Sourde à la voix de la reconnaissance,
Comme attentive aux vœux des malheureux,
Leur imposait un sévère silence.
Ils ont rempli ce devoir rigoureux.
Vous l'ignorez: et cela je l'admire!
Mais je le sais, moi, je veux vous le dire ;
Parce qu'alors dans des transports d'amour,
En même temps qu'on chantera sa gloire,
On bénira dans l'hymne à sa mémoire
Et son génie et son cœur tour à tour.

Oh ! celui-là fut grand de renommée,
Qui releva la patrie à ses yeux ;
Qui lui dit : Lève un regard vers les cieux,
Quand elle était vaincue et désarmée ! ...

Celui-là fut un ange radieux,
Qui consola notre France opprimée,
Qui lui prédit des jours plus glorieux....
Quand du malheur l'œuvre était consommée ! ...

Son nom partout retentit à la fois.
On se disait: La sagesse infinie
A fait sur nous descendre l'harmonie ;
Elle a soumis les partis à ses lois:
Pour le louer, quand son puissant génie
De Jeanne-d'Arc nous redit les exploits,
Et des tourments de sa sainte agonie
A ses bourreaux jeta l'ignominie ;
Tous les partis n'avaient eu qu'une voix.

Reportez-vous à ce succès immense....
Eh bien ! Ce dieu que le pays encense,
Vous le croyez debout sur son autel
Et s'enivrant jusques à la démence
Du doux parfum qui fait l'homme immortel....

Vous vous trompez; ce Dieu se manifeste
A ses amis, dans la simplicité
D'un cœur candide et plein d'humanité;
Et dans son temple il est le plus modeste.

Mais voulez-vous sonder ses sentiments
Et pénétrer jusqu'au fond de son âme?
Voyez-le à l'âge où les ressentiments
Font du génie un volcan qui s'enflamme.

Encouragé par le plus beau succès;
Il fait une œuvre en laquelle il espère
Comme en son fils met son espoir un père;
Il se présente au Théâtre Français;
Il porte là, pour se faire connaître,
Un coup d'essai qui vaut un coup de maitre.....
Accueil très froid.—Il s'en étonne un peu.

Puis contre lui la coulisse manœuvre.
Il sent au cœur la dent de la couleuvre....
Que devient-il?—Il maîtrise son feu.
Et sa colère?—Il s'en est fait un jeu.
Et sa vengeance?—Elle enfante un chef-d'œuvre!

Œuvre d'esprit, satirique et sans fiel,
Voilà comment un grand homme se venge!
Il a compris qu'un poëte est un ange
Sur notre terre envoyé par le ciel.
Comme l'abeille il évite la fange,
Et sur les fleurs il butine le miel.

Vous connaitrez le poëte à ce signe
Que sombre hier, il rayonne aujourd'hui.
L'astre jamais de plus d'éclat n'a lui
Que quand il eut de quelque outrage insigne
Laissé passer le nuage sur lui.
Ainsi brilla CASIMIR DELAVIGNE!

O jour néfaste!... Un caprice royal
Vient renverser sa fortune fragile....
Mais foudroyé sous ce coup déloyal,
Celui qu'un roi de son palais exile
Trouve un abri dans un royal asile.

Ne croyez pas qu'il ait dû cet appui
Au fade encens de quelque dédicace
Imprégnant l'air d'un lourd parfum d'ennui.
A ce métier toute verve se glace,
Tout cœur mollit, toute grandeur s'efface.
Non! Sur sa tombe écrivons aujourd'hui:

« IL N'A JAMAIS SOLLICITÉ POUR LUI. »

Si quelquefois en épiant ses traces
On l'eût pu voir, humble avec dignité,
Courber le front devant l'autorité
Des hauts pouvoirs dispensateurs des grâces;
C'est qu'il plaidait la cause du malheur,
C'est qu'il parlait avec force et chaleur,
Pour quelque ami, quelque existence chère
Qu'il soutenait comme soutient un frère.

Ah! Dois-je ici le suivre pas à pas
Dans sa carrière à toute heure embellie,
Pure en tous points, si noblement remplie!
Les faits nombreux ne nous manqueraient pas.
Si vous voulez apprécier son âme,
Interrogez tous ceux qui l'on connu.
Le feu sacré dont son regard s'enflamme,
Pour l'amitié son sourire ingénu,
Sa voix, son geste, enfin tout le proclame
Homme de bien montrant son cœur à nu.

Tout fut en lui digne de nos hommages.
Il faudrait donc dans nos ovations,
Pour son esprit citer tous ses ouvrages,
Et pour son cœur toutes ses actions.
Aussi la France et son brillant cortége,
La France illustre honora son tombeau.

—Contre vos vœux..... Des rigueurs, le dirai-je,
Vous éloignaient d'un spectacle si beau.
Car pour remplir votre humble destinée,
Car pour gagner le pain de la journée,
Pour vos devoirs, votre place, ouvriers,
Au temps prescrit est dans les ateliers.

C'est à travers le voile épais qui tombe
Que vous pouvez arriver jusqu'à nous,
Joindre vos mains et fléchir les genoux....
Et cet hommage est digne de sa tombe.
Il vous bénit dans l'immortalité !

Faut-il troubler l'asile mortuaire
Et dévoiler la sainte intimité
D'une famille arrosant un suaire
Des pleurs qu'elle offre à la divinité....
Son malheur fut une calamité.
Respectons tous le seuil du sanctuaire
Où le cœur lutte avec l'adversité.

—Le jour fatal où sur cette famille
Le bras de Dieu pesait de tout son poids....
— Au lit de mort, ses membres déjà froids
Vont se roidir.— Pourtant son œil scintille.
Sur son front pâle une auréole brille..
Il veut écrire....., Et sa mourante voix
A murmuré le nom de MÉLUSINE.....
Il veut écrire..... Et sa tête s'incline,
Et son crayon s'échappe de ses doigts,

Il meurt!.... Ainsi le dernier chant du cygne
Ne peut sortir du corps qu'il a brisé,
Et ce secret d'un cœur martyrisé
Suit au tombeau CASIMIR-DELAVIGNE!.... »

A ces mots l'orateur chancelle ; car sa voix
S'est éteinte et trahit les efforts de son âme....
Vers lui ses deux amis accourent à la fois.

Et pour que rien ne manque à ce funèbre drame,
On entend de Paris le lugubre beffroi,
Sonnant ce glas des morts qui jette aux cœurs l'effroi :
De ce grand jour de deuil c'était l'heure dernière,
Qu'à Paris renvoyait l'écho du cimetière.

Aux branches des cyprès quelques oiseaux de nuit
De leurs gémissements font entendre le bruit.

Puis enfin tout se tait....... Et cette foule immense
Fait le tour de la tombe, et s'écoule en silence.